# Janela mágica

Cecília Meireles

# Janela mágica

Ilustrações
Orlando Pedroso

4ª Edição, Global Editora, São Paulo 2016
7ª Reimpressão, 2024

**Jefferson L. Alves** – diretor editorial
**Dulce S. Seabra** – gerente editorial
**André Seffrin** – coordenação editorial e estabelecimento de texto
**Flávio Samuel** – gerente de produção
**Jefferson Campos** – assistente de produção
**Malu Poleti** – assistente editorial
**Arlete Souza** – revisão
**Orlando Pedroso** – capa e ilustrações
**Tathiana A. Inocêncio** – projeto gráfico

A Global Editora agradece à Solombra – Agência Literária pela gentil cessão dos direitos de imagem de Cecília Meireles.

**CIP-BRASIL. CATALOGAÇÃO NA PUBLICAÇÃO**
**SINDICATO NACIONAL DOS EDITORES DE LIVROS, RJ**

M453j
Meireles, Cecília, 1901-1964

Janela mágica /Cecília Meireles; coordenação André Seffrin. – [4. ed]. – São Paulo: Global, 2016.

ISBN 978-85-260-2246-1

1. Conto infantojuvenil brasileiro. I. Seffrin, André. II. Título.

16-32068 CDD: 028.5
CDU: 087.5

Obra atualizada conforme o
NOVO ACORDO ORTOGRÁFICO DA LÍNGUA PORTUGUESA

**Global Editora e Distribuidora Ltda.**
Rua Pirapitingui, 111 – Liberdade
CEP 01508-020 – São Paulo – SP
Tel.: (11) 3277-7999
e-mail: global@globaleditora.com.br

grupoeditorialglobal.com.br
@globaleditora
blog.grupoeditorialglobal.com.br
/globaleditora
/globaleditora
@globaleditora
/globaleditora
@globaleditora



Nº de Catálogo: **3783**

# Sumário


O cachorrinho engraçadinho 9
Reabilitação do cachorrinho engraçadinho 13
Escolha o seu sonho 17
Compensação 21
João, Francisco, Antônio 25
O fim do mundo 29
Brinquedos incendiados 33
Natal 37
Um cão, apenas 41
Uma gatinha branca 45
Floresta incendiada 51
Se eu fosse pintor... 55
Jogos circenses 59
Dias perfeitos 63
Vestido preto 67
Da solidão 71
Três amigas 75
Compras de Natal 79
O homem e o seu espelho 83
O anjinho deitado 87
Presépio de barro 91

# O cachorrinho engraçadinho

Há coisa mais triste que um menino sem irmãos nem companheiros, fechado num apartamento? Foi por isso que a família resolveu arranjar um cachorrinho para brincar com o filho único. Os brinquedos, afinal, são máquinas e acabam por enfastiar; o cachorrinho é um brinquedo vivo, quase humano, o melhor amigo do homem etc. E veio o cachorrinho, muito engraçadinho. Todos o cercaram, encantadíssimos. Dizem que os cães sempre se parecem com os seus donos; este parecia-se com os donos, com os amigos dos donos e até com os empregados da casa. Não se pode ser mais amável. Era pretinho, lustroso, com umas malhas cor de mel em certos lugares do focinho e do corpo. Orelhas sedosas e moles, e um rabinho que o menino logo descobriu poder funcionar como manivela. E assim o utilizou.

O cachorrinho também parecia contentíssimo, e pulava para cá e para lá, e às vezes parecia um cavalinho em miniatura. Mas era uma miniatura Pinscher.

Não era só engraçadíssimo; era inteligentíssimo. Se lhe ensinassem, creio que chegaria a atender o telefone. Instalou-se no apartamento como se fosse o seu principal habitante. A vida passou a girar em torno dele. Deram-lhe coleira, casaquinho, osso artificial para brincar, puseram-lhe nome, compraram-lhe biscoitos. Pensando bem, era muito mais feliz que o menino de cuja felicidade se cogitava. Talvez ele até entendesse o que diziam a seu respeito, pois a cozinheira reparou que sua inteligência excedia a das criaturas humanas. Via-o fitar um ponto no vazio, acompanhar uma presença invisível, para a qual latia, demonstrando ser um animal dotado de poderes sobrenaturais: um cãozinho vidente. Nessas condições, nem precisava entender a nossa linguagem: podia captar diretamente os pensamentos...

O cachorrinho engraçadinho recebia as visitas com grande efusão. Mordia-as de brincadeira nas pernas e nos braços, às vezes puxava um fio de meia – mas era muito engraçadinho – dava saltos verticais que nem um bailarino, e, como estava na muda dos dentes, babava as pessoas com muito entusiasmo e de vez em quando deixava cair por cima delas um de seus dentinhos, tão brancos e primorosos que pareciam de matéria plástica.

Além de receber as visitas, o cachorrinho engraçadinho sentava-se ao lado delas, acompanhava com os olhos as suas expressões, despedia-se delas com muita gentileza.

Acostumou-se de tal modo à família que não quis mais dormir sozinho, passou a ocupar o melhor lugar das camas, como ocupava o das poltronas. E quis também comer à mesa, escolhendo uma cadeira e colocando as patinhas no lugar que a etiqueta recomenda, e que já bem poucas pessoas conhecem – como se pode observar em qualquer restaurante.

Até certo ponto o cachorrinho engraçadinho foi um divertimento, salvo quando molhava os tapetes ou as almofadas. Mas o que era isso, comparado à sua brilhante inteligência, à graça dos seus pulos, à amabilidade das suas comunicações, à malícia com que acompanhava os programas de televisão, às ideias que evidentemente possuía, deixando de manifestá-las apenas por não se expressar ainda em idioma dos homens?

Mas errar não é só humano, é também canino. E o cachorrinho engraçadinho começou a abusar. E atreveu-se, num jantarzinho íntimo, a pular para cima da mesa, a meter o focinho nos pratos, a derrubar os copos com os seus movimentos na verdade muito graciosos, mas inadequados. Diante do que, a família, pesarosa e perplexa, vê-se na contingência de passar adiante, a quem disponha de jardim ou quintal, o cachorrinho engraçadinho, com "pedigree", nome, coleira, vacinado com soros legítimos, de casaquinho de lã e rabinho de manivela, porque, para os homens como para os cães, a liberdade de uns termina onde a dos seus vizinhos começa.

# Reabilitação do cachorrinho engraçadinho

Aquele cachorrinho engraçadinho, cuja história tive ocasião de contar outro dia, com suas travessuras e audácias levou a dona da casa a um estado de quase desespero. Disse-me a pobre moça que o bichinho se tornara extravagante: comia botões, bolas de gude, esponjas de banho, rolha de garrafa, carretéis de linha e aparecia-lhe muito faceiro lambendo-se com delícia, com um ar que lhe parecia de provocação. De modo que ela resolvera botar as cartas na mesa, manifestar o seu descontentamento, e, se fosse preciso, lançar um ultimato. Era preciso optar: ou ela, ou o cachorrinho engraçadinho.

Ora, essa decisão solene foi precedida de uma longa exposição acerca do comportamento do gracioso animalzinho, que a todos seduzia com seus encantos, mas já causava tais prejuízos que, tudo bem considerado, sua presença representava uma soma de fatores negativos muito superior à dos positivos.

O cachorrinho engraçadinho estava ao seu lado e ouvia. Foram exibidas provas esmagadoras, almofadas rotas, tapetes manchados, objetos quebrados, o que justificava a atitude da dona da casa, na decisão que pretendia tomar. O cachorrinho engraçadinho levantava os olhos, de vez em quando, para cada peça do corpo de delito, e logo os baixava, com uma preocupação de consciência que os próprios homens já vão perdendo. E todas as vezes que seu nome era citado, ao longo da acusação, suas orelhas sedosas estremeciam e o cachorrinho engraçadinho suspirava – ai de nós! – como se quisesse dar uma demonstração de arrependimento.

Terminada a discussão, cada qual foi tratar dos seus assuntos, e o bichinho retirou-se para um canto, humildemente, como um réu cheio de remorso que reconsidera os seus crimes. Passou o resto do dia muito triste, sem nenhum entusiasmo, cabisbaixo e deprimido. À noite, recolheu-se à sua caminha, solitário e pensativo, sem molestar ninguém.

Tal foi a sua atitude que ninguém pôde deixar de reparar. Se o chamavam, aproximava-se, porém, sem alegria. Levantava os olhos a custo e o menino também entristecido, que já não ousava fazer manivela com o seu rabinho, descobriu que o cachorrinho engraçadinho parecia capaz de chorar.

No dia seguinte, quando todos se dispunham a mandar para longe o cachorrinho engraçadinho, a dona da casa mudou de ideia. Enquanto lhe vestia o casaquinho de lã, raciocinava: eu tenho aturado neste mundo tanta gente detestável! Ingratos, maldizentes, hipócritas! Gente que tem estragado a minha vida de propósito, enquanto este bichinho estraga a minha casa só por inocência! O mundo está cheio de pretensiosos, de incompetentes, de arrogantes: e eu os suporto – nas ruas, nos ônibus, nas repartições...

Tanta gente emboscada, preparando-se para assaltar os desprevenidos! Tanta falta de amor! Tanta competição, tanto ódio. E este pobre cachorrinho, cordial e afetuoso, a transbordar de alegria, a brincar com todos, a distribuir carinho de maneira tão efusiva! Um bichinho analfabeto, sem escola nenhuma, sem nenhuma disciplina! É isso: falta-lhe apenas a necessária educação!

A moça fez um afago na cabeça do cachorrinho engraçadinho, já tão desiludido que até ficou sem saber se era um afago de verdade, ou uma distração da moça que o vestia. Ela, porém, tornou a afagá-lo nas orelhas sedosas, levantou-lhe o focinho triste, para ver-lhe os olhos. E então ele percebeu que não estava desprezado, que não o odiavam, que o compreendiam e perdoavam, e ficou a princípio estarrecido. Depois achegou-se a ela, refugiou-se na sua bondade, tão claramente comovido e agradecido, que a família se deteve em lágrimas, diante daquele quadro singular.

Por isso, o cachorrinho engraçadinho, que tem nome, coleira, casaquinho, e está vacinado com soros legítimos, o cachorrinho de orelhas sedosas e rabinho de manivela, continuará naquela casa, onde vai ser educado segundo os melhores manuais para vir a ser, na sua condição canina, o que desejaríamos que os homens fossem na sua condição humana.

# Escolha o seu sonho

Devíamos poder preparar os nossos sonhos como os artistas, as suas composições. Com a matéria sutil da noite e da nossa alma, devíamos poder construir essas pequenas obras-primas incomunicáveis, que, ainda menos que a rosa, duram apenas o instante em que vão sendo sonhadas, e logo se apagam sem outro vestígio que a nossa memória.

Como quem resolve uma viagem, devíamos poder escolher essas excursões sem veículos nem companhia – por mares, grutas, neves, montanhas, e até pelos astros, onde moram desde sempre heróis e deuses de todas as mitologias, e os fabulosos animais do Zodíaco.

Devíamos, à vontade, passear pelas margens do Paraíba, lá onde suas espumas crespas correm com o luar por entre as pedras, ao mesmo tempo cantando e chorando. – Ou habitar uma tarde prateada de Florença, e ir sorrindo para cada estátua dos palácios e das ruas, como quem saúda muitas famílias de mármore... – Ou contemplar nos Açores hortênsias da altura de uma casa, lagos de duas cores, e cestos de vime nascendo entre fontes, com águas frias de um lado e, do outro, quentes... – Ou chegar a Ouro Preto e continuar a ouvir aquela menina que estuda piano há duzentos anos, hesitante e invisível – enquanto o cavalo branco escolhe, de olhos baixos, o trevo de quatro folhas que vai comer...

Quantos lugares, meu Deus, para essas excursões! Lugares recordados ou apenas imaginados. Campos orientais atravessados por nuvens de pavões. Ruas amarelas de pó, amarelas de sol, onde os camelos de perfil de gôndola estacionam, com seus carros. Avenidas cor-de-rosa, por onde cavalinhos emplumados, de rosa na testa e colar ao pescoço, conduzem leves e elegantes coches policromos...

...E lugares inventados, feitos ao nosso gosto; jardins no meio do mar; pianos brancos que tocam sozinhos; livros que se desarmam, transformados em música...

Oh! os sonhos do "Poronominare"!... Lembram-se? Sonhos dos nossos índios: rios que vão subindo por cima das ilhas... meninos transparentes, que deixam ver a luz do sol do outro lado do corpo... gente com cabeça de pássaro... flechas voando atrás de sombras velozes... moças que se transformam em guaribas... canoas... serras... bandos de beija-flores e borboletas que trazem mel para a criança que tem fome e a levantam em suas asas...

Devíamos poder sonhar com as criaturas que nunca vimos e gostaríamos de ter visto: Alexandre, o Grande; São João Batista; o Rei David, a cantar; o Príncipe Gautama...

E sonhar com os que amamos e conhecemos, e estão perto ou longe, vivos ou mortos... Sonhar com eles no seu melhor momento, quando foram mais merecedores de amor imortal...

Ah!... – (que gostaria você de sonhar esta noite?)

# Compensação

Hoje eu queria apenas abrir um álbum antigo de fotografias, onde não houvesse gente de olhos duros e mãos aduncas. Onde umas boas senhoras pousassem no papel com delicadeza, não para sobreviverem eternamente, mas para mandarem seu retrato às amigas com finas letras de "sincera afeição". Um álbum onde aparecessem uns bons velhotes que não faziam negociatas, que não sabiam multiplicar dinheiro, que usavam roupas desajeitadas, sofriam de reumatismo, liam Virgílio e Horácio, e não tinham medo dos fantasmas do porão. De lá de dentro de seus retratos essas sombras estariam dizendo: "Meus filhos, nada disso vale a pena..." (E saberíamos que falavam de parentes sôfregos, ávidos de partilhas, uns querendo herdar as terras do morro; outros, a mata; outros, a várzea – todos vivendo já do testamento, antes mesmo da extrema-unção...) Hoje eu queria ficar folheando esse álbum, onde não desejaria encontrar aqueles herdeiros.

Hoje eu queria ler uns livros que não falam de gente, mas só de bichos, de plantas, de pedras: um livro que me levasse por essas solidões da natureza, sem vozes humanas, sem discursos, boatos, mentiras, calúnias, falsidades, elogios, celebrações...

Hoje eu queria apenas ver uma flor abrir-se, desmanchar-se, viver sua existência, autêntica, integral, do nascimento à morte, muito breve, sem borboletas nem abelhas de permeio. Uma existência total, no seu mistério. (E antes da flor? – Não sei.) (E depois da flor? – Não sei.) Esta ignorância humana. Este silêncio do universo. A sabedoria.

Hoje eu queria estar entre as nuvens, na velocidade das nuvens, na sua fragilidade, na sua docilidade de ser e deixar de ser. Livremente. Sem interesse próprio. Confiantes. À mercê da vida. Sem nenhum sonho de durarem um pouco mais, de ficarem no céu até o ano 2000, de terem emprego público, férias, abono de Natal, montepio, prêmio de loteria, discurso à beira do túmulo, nome em placa de rua, busto no jardim... (ó nuvens prodigiosas, criaturas efêmeras que estais tão alto e não pretendeis nada, e sois capazes de obscurecer o sol e de fazer frutificar a terra, e não tendes vaidade nenhuma nem apego a esses acasos!) Hoje eu queria andar lá em cima nas nuvens, com as nuvens, pelas nuvens, para as nuvens...

Hoje eu queria estar no deserto amarelo, sem beduíno, camelo ou rebanho de cabras: no puro deserto amarelo onde só reina o vento grandioso que leva tudo, que não precisa nem de água, nem de areia, nem de flor, nem de pedra, nem de gente. O vento solitário que vai para longe de mãos vazias.

Hoje eu queria ser esse vento.

# João, Francisco, Antônio

João, Francisco, Antônio põem-se a contar-me a sua vida. Moram tão longe, no subúrbio, precisam sair tão cedo de casa para chegarem pontualmente a seu serviço. Já viveram aglomerados num quarto, com mulher, filhos, a boa sogra que os ajuda, o cão amigo à porta... A noite deixa cair sobre eles o sono tranquilo dos justos. O sono tranquilo que nunca se sabe se algum louco vem destruir, porque o noticiário dos jornais está repleto de acontecimentos inexplicáveis e amargos.

João, Francisco, Antônio vieram a este mundo, meu Deus, entre mil dificuldades. Mas cresceram, com os pés descalços pelas pernas, como os imagino, e os prováveis suspensórios – talvez de barbante – escorregando-lhes pelos ombros. É triste, eu sei, a pobreza, mas tenho visto riquezas muito mais tristes para os meus olhos, com vidas frias, sem nenhuma participação do que existe, no mundo, de humano e de circunstante.

João, Francisco, Antônio conhecem os passarinhos, pena por pena, são capazes de descrevê-los: acompanharam os seus hábitos, sabem as árvores onde moram, distinguem, no sussurro geral, a voz de cada um.

João, Francisco, Antônio conhecem as pedras, as suas arestas, a sua temperatura, que faíscas desprendem de noite. Conhecem as fisionomias das casas, e, evidentemente, os seus habitantes, os letreiros das lojas, os diversos comerciantes e os seus negócios. Tudo isso é uma forma de instrução que vem da infância, que ocupou os dias sem possibilidades especiais de aquisições sistematizadas. Aprenderam nomes de ruas e veículos, observando, alguns deles, com particular curiosidade, quando a vocação é para engenhos, máquinas, motores. Mas outros, por natureza menos práticos, mais poéticos, decerto, construíram papagaios, combinando cores de papel de seda, inventando formas geométricas, recortando bandeirinhas, levantando nos ares as suas transparentes construções, querendo alcançar o céu – que talvez julgassem alcançável – ou apenas as nuvens, para sentirem, na ponta de uma linha, como se encastelam e como se desfazem.

Não falo de outros, que matam passarinhos com atiradeiras, que quebram vidraças, que maltratam os outros meninos da sua idade, que lhes rasgam as roupas... Não, não, quero falar de João, Francisco, Antônio, os que, desde pequenos, vêm sendo construtivos, que procuram realizar-se, entre as maiores dificuldades, ajudando os pais, amparando os irmãozinhos, realizando suas breves alegrias entre mil sombras.

João, Francisco, Antônio conseguem, a tanto custo, aprender alguma coisa do que é preciso para encontrarem o caminho do seu trabalho, e, se possível, da sua vocação. Mal saídos da adolescência – quando outros da mesma idade, em outras condições, folgam, e acham ou que é cedo para começar ou que já são infelizes porque ouviram falar de assuntos do mundo adulto –, eles vão para algum trabalho de madrugada, sentem-se uma parte da família a que pertencem e querem ajudar-se e ajudá-la.

João, Francisco, Antônio amam, casam, acham que a vida é assim mesmo, que se vai melhorando aos poucos. Desejam ser pontuais, corretos, exatos no seu serviço. É dura a vida, mas aceitam-na. Desde pequenos, sozinhos sentiram sua condição humana, e, acima dela, uma outra condição a que cada qual se dedica, por ver depois da vida a morte e sentir a responsabilidade de viver.

João, Francisco, Antônio conversam comigo, vestidos de macacão azul, com peneiras, lavando vidraças, passando feltros no assoalho, consertando fechos de portas. Não lhes sinto amargura. Relatam-se, descrevem as modestas construções que eles mesmos levantaram com suas mãos, graças a pequenas economias, a algum favor, a algum benefício. E não sabem com que amor os estou escutando, como penso que este Brasil imenso não é feito só do que acontece em grandes proporções, mas destas pequenas, ininterruptas, perseverantes atividades que se desenvolvem na obscuridade e de que as outras, sem as enunciar, dependem.

Por isso, as enuncio, porque sei que, na sombra, se desenvolve este trabalho humilde de Antônio, Francisco, João.

# O fim do mundo

A primeira vez que ouvi falar no fim do mundo, o mundo para mim não tinha nenhum sentido, ainda; de modo que não me interessavam nem o seu começo nem o seu fim. Lembro-me, porém, vagamente, de umas mulheres nervosas que choravam, meio desgrenhadas, e aludiam a um cometa que andava pelo céu, responsável pelo acontecimento que elas tanto temiam.

Nada disso se entendia comigo: o mundo era delas, o cometa era para elas: nós, crianças, existíamos apenas para brincar com as flores da goiabeira e as cores do tapete.

Mas, uma noite, levantaram-me da cama, enrolada num lençol e, estremunhada, levaram-me à janela para me apresentarem à força ao temível cometa. Aquilo que até então não me interessara nada, que nem vencia a preguiça dos meus olhos, pareceu-me, de repente, maravilhoso. Era um pavão branco, pousado no ar, por cima dos telhados? Era uma noiva, que caminhava pela noite, sozinha, ao encontro da sua festa? Gostei muito do cometa. Devia sempre haver um cometa no céu, como há lua, sol, estrelas. Por que as pessoas andavam tão apavoradas? A mim não me causava medo nenhum.

Ora, o cometa desapareceu, aqueles que choravam enxugaram os olhos, o mundo não se acabou, talvez tenha ficado um pouco triste – mas que importância tem a tristeza das crianças?

Passou-se muito tempo. Aprendi muitas coisas, entre as quais o suposto sentido do mundo. Não duvido de que o mundo tenha sentido. Deve ter mesmo muitos, inúmeros, pois em redor de mim as pessoas mais ilustres e sabedoras fazem cada coisa que bem se vê haver um sentido do mundo peculiar a cada um.

Dizem que o mundo termina em fevereiro próximo. Ninguém fala em cometa, e é pena, porque eu gostaria de tornar a ver um cometa, para verificar se a lembrança que conservo dessa imagem do céu é verdadeira ou inventada pelo sono dos meus olhos naquela noite já muito antiga.

O mundo vai acabar, e certamente saberemos qual era o seu verdadeiro sentido. Se valeu a pena que uns trabalhassem tanto e outros tão pouco. Por que fomos tão sinceros ou tão hipócritas, tão falsos e tão leais. Por que pensamos tanto em nós mesmos ou só nos outros. Por que fizemos votos de pobreza ou assaltamos os cofres públicos – além dos particulares. Por que mentimos tanto, com palavras tão judiciosas. Tudo isso saberemos e muito mais do que cabe enumerar numa crônica.

Se o fim do mundo for mesmo em fevereiro, convém pensarmos desde já se utilizamos este dom de viver da maneira mais digna.

Em muitos pontos da terra há pessoas, neste momento, pedindo a Deus – dono de todos os mundos – que trate com benignidade as criaturas que se preparam para encerrar a sua carreira mortal. Há mesmo alguns místicos – segundo leio – que, na Índia, lançam flores ao fogo, num rito de adoração.

Enquanto isso, os planetas assumem os lugares que lhes competem, na ordem do universo, neste universo de enigmas a que estamos ligados e no qual por vezes nos arrogamos posições que não temos – insignificantes que somos, na tremenda grandiosidade total.

Ainda há uns dias para a reflexão e o arrependimento: por que não os utilizaremos? Se o fim do mundo não for em fevereiro, todos teremos fim, em qualquer mês...

# Brinquedos incendiados

Uma noite, houve um incêndio num bazar. E no fogo total desapareceram consumidos os seus brinquedos. Nós, crianças, conhecíamos aqueles brinquedos um por um, de tanto mirá-los nos mostruários – uns, pendentes de longos barbantes; outros, apenas entrevistos em suas caixas. Ah! maravilhosas bonecas louras, de chapéus de seda! pianos cujos sons cheiravam a metal e verniz! carneirinhos lanudos, de guizo ao pescoço! piões zunidores! – e uns bondes com algumas letras escritas ao contrário, coisa que muito nos seduzia – filhotes que éramos, então, de Mr. Jourdain, fazendo a nossa poesia concreta antes do tempo.

Às vezes, num aniversário, ou pelo Natal, conseguíamos receber de presente algum bonequinho de celuloide, modestos cavalinhos de lata, bolas de gude, barquinhos sem possibilidades de navegação... – pois aquelas admiráveis bonecas de seda e filó, aqueles batalhões completos de soldados de chumbo, aquelas casas de madeira com portas e janelas, isso não chegávamos a imaginar sequer para onde iria. Amávamos os brinquedos sem esperança nem inveja, sabendo que jamais chegariam às nossas mãos, possuindo-os apenas em sonho, como se para isso, apenas, tivessem sido feitos.

Assim, o bando que passava, de casa para a escola e da escola para casa, parava longo tempo a contemplar aqueles brinquedos e lia aqueles nítidos preços, com seus cifrões e zeros, sem muita noção de valor – porque nós, crianças, de bolsos vazios, como os namorados antigos, éramos só renúncia e amor. Bastava-nos levar na memória aquelas imagens, e deixar cravados nelas, como setas, os nossos olhos.

Ora, uma noite, correu a notícia de que o bazar incendiara. E foi uma espécie de festa fantástica. O fogo ia muito alto, o céu ficava todo rubro, voavam chispas e labaredas pelo bairro todo. As crianças queriam ver o incêndio de perto, não se contentavam com portas e janelas, fugiam para a rua, onde brilhavam bombeiros entre jorros d'água. A elas não interessavam nada peças de pano, cetins, cretones, cobertores, que os adultos lamentavam. Sofriam pelos cavalinhos e bonecas, os trens e palhaços, fechados, sufocados em suas grandes caixas. Brinquedos que jamais teriam possuído, sonho apenas da infância, amor platônico.

O incêndio, porém, levou tudo. O bazar ficou sendo um fumoso galpão de cinzas.

Felizmente, ninguém tinha morrido – diziam em redor. Como não tinha morrido ninguém?, pensavam as crianças. Tinha morrido um mundo e, dentro dele, os olhos amorosos das crianças, ali deixados.

E começávamos a pressentir que viriam outros incêndios. Em outras idades. De outros brinquedos. Até que um dia também desaparecêssemos sem socorro, nós, brinquedos que somos, talvez, de anjos distantes!

# Natal

Como estamos mudados! Em meio século, perdemos aquela ingenuidade dos votos dirigidos de janela a janela: "Boas Festas!", "Feliz Ano Novo!"; das ceias tradicionais, talvez copiosas, porém modestas; das lembrancinhas oferecidas às crianças como um dom misterioso do céu; dos vestidos novos para os ofícios das igrejas e das visitas aos presépios; alegria das músicas e cânticos, deslumbramento dos olhos diante de uma Belém infantil, com patinhos nos lagos e lavadeiras nos rios... Ah! como éramos sensíveis, imaginativos! Como estávamos prontos a completar, com a nossa memória dos episódios evangélicos, a paisagem arbitrariamente inventada! Como achávamos naturais todas as coisas desencontradas naquele mundo fictício! Talvez prevíssemos que o nosso não o era menos, e igualmente e misteriosamente desencontradas as coisas que nele iríamos presenciar!

Esperávamos por esses últimos dias do ano combinando sonhos de novas alegrias alimentadas pelas lembranças dos anos anteriores. A vida estava assim pautada, na terra, sobre exemplos de coisas celestes. Essa mistura do humano com o divino, trazia-nos como num estado de levitação, e mesmo em redor de nós tudo era ascensão de anjos e santos, uma aparição deslumbrada de Magos e um acordar sobrenatural de pastores. Falávamos de tudo isso com uma surpreendente naturalidade. Conhecíamos a linguagem dos sinos, cujas mensagens pareciam na verdade descer do céu para a nossa inocência feliz e luminosa.

Enfim, éramos felizes porque um Menino, ao mesmo tempo parecido com todas as crianças, e diferente de todas elas, nascera um dia, num lugar muito longe, e era uma alegria festejar-lhe o aniversário, não só por ser assim como um irmãozinho de todos nós, mas porque a Sua bondade era uma esperança para os nossos pequenos corações, já assustados e tímidos, secretamente desejosos de felicidade.

Mas pouco a pouco tudo foi ficando tão complicado, tão difícil! Das simples ceias familiares, que apenas aproximavam as pessoas num convívio sentimental, passou-se às grandes ceias de repercussão social, ceias festivas em luxuosos ambientes, sem compreensível relação com a data do calendário. Das lembranças modestas que recebiam as crianças, por aquele acontecimento, dos cartões de boas festas afetuosos e ingênuos, passou-se a uma superabundância de presentes, a uma efusão de votos, a uma profusão de árvores de Natal, dos mais diversos feitios e coloridos – e tudo se converteu numa grande festa decorativa, ruidosa, suntuosa, profana, em que se confundem tradições cristãs e pagãs e se misturam as celebrações religiosas do Menino Jesus com as alegrias do Ano Novo.

(Ah! quem vos visitou, lugares humildes da Palestina, que ainda hoje pareceis os mesmos de outrora, em vossa rústica simplicidade. Lugares de onde, no entanto, iria surgir uma nova luz – na verdade, uma nova Estrela – para os povos da Terra!)

E, de repente – seja no Rio ou em São Paulo, ou em qualquer grande centro ocidental –, essas avenidas enfeitadas, essas lojas acesas, esses fantásticos presentes que se acumulam, sugestivos e atraentes por todos os lados! E as mãos ágeis dos vendedores que abrem e fecham caixas, estendem papéis maravilhosos, desenrolam atilhos dourados, fitas cintilantes, que entre os seus dedos se convertem em flores de inúmeras pétalas!

Tudo isso em torno do Nascimento daquele Menino que,

a princípio um pequenino fugitivo perseguido, passa logo a uma iluminada criança a discutir com doutores – sem que se possa adivinhar se algum dia brincou, despreocupado, nem que brinquedos terão sido os seus.

Em todo caso, se esta pompa, se este delírio, se estas luzes copiosas, se estas horas inquietas dos Natais de hoje servem para aproximar as criaturas, malgrado o contraste de tanto fausto e grandeza com a doce pobreza de Jesus – estes Natais assim celebrados continuarão a ser uma bela e feliz festa cristã!

# Um cão, apenas

Subidos, de ânimo leve e descansado passo, os quarenta degraus do jardim – plantas em flor, de cada lado; borboletas incertas; salpicos de luz no granito –, eis-me no patamar. E a meus pés, no áspero capacho de coco, à frescura da cal do pórtico, um cãozinho triste interrompe o seu sono, levanta a cabeça e fita-me. É um triste cãozinho doente, com todo o corpo ferido; gastas, as mechas brancas do pelo; o olhar dorido e profundo, com esse lustro de lágrima que há nos olhos das pessoas muito idosas. Com um grande esforço acaba de levantar-se. Eu não lhe digo nada; não faço nenhum gesto. Envergonha-me haver interrompido o seu sono. Se ele estava feliz ali, eu não devia ter chegado. Já que lhe faltavam tantas coisas, que ao menos dormisse: também os animais devem esquecer, enquanto dormem...

Ele, porém, levantava-se e olhava-me. Levantava-se com a dificuldade dos enfermos graves: acomodando as patas da frente, o resto do corpo, sempre com os olhos em mim, como à espera de uma palavra ou de um gesto. Mas eu não o queria vexar nem oprimir. Gostaria de ocupar-me dele: chamar alguém, pedir-lhe que o examinasse, que receitasse, encaminhá-lo para um tratamento... Mas tudo é longe, meu Deus, tudo é tão longe. E era preciso passar. E ele estava na minha frente inábil, como envergonhado de se achar tão sujo e doente, com o envelhecido olhar numa espécie de súplica.

Até o fim da vida guardarei seu olhar no meu coração. Até o fim da vida sentirei esta humana infelicidade de nem sempre poder socorrer, neste complexo mundo dos homens.

Então, o triste cãozinho reuniu todas as suas forças, atravessou o patamar, sem nenhuma dúvida sobre o caminho, como se fosse um visitante habitual, e começou a descer as escadas e as suas rampas, com as plantas em flor de cada lado, as borboletas incertas, salpicos de luz no granito, até o limiar da entrada. Passou por entre as grades do portão, prosseguiu para o lado esquerdo, desapareceu.

Ele ia descendo como um velhinho andrajoso, esfarrapado, de cabeça baixa, sem firmeza e sem destino. Era, no entanto, uma forma da vida. Uma criatura deste mundo de criaturas inumeráveis. Esteve ao meu alcance; talvez tivesse fome e sede: e eu nada fiz por ele; amei-o, apenas, com uma caridade inútil, sem qualquer expressão concreta. Deixei-o partir, assim humilhado, e tão digno, no entanto: como alguém que respeitosamente pede desculpas de ter ocupado um lugar que não era seu.

Depois pensei que nós todos somos, um dia, esse cãozinho triste, à sombra de uma porta. E há o dono da casa, e a escada que descemos, e a dignidade final da solidão.

# Uma gatinha branca

Ao escurecer, os garotos estavam sentados à beira da calçada, com certo ar de remorso. Um deles, com uma varinha na mão, revolvia o pelo branco da gatinha, deitada de flanco, muito triste, com uma expressão de criatura humana. Por baixo do pelo espesso, via-se-lhe a pele do ventre, ainda clara e um pouco flácida. Estavam calados e um pouco pensativos. Alguns olhavam para a morte pela primeira vez.

As meninas haviam protestado em vão. Os garotos riam-se delas. Por fim, fugiram para casa, fizeram queixa às mães, esconderam a cabeça nos braços e choraram.

Tudo começara dias atrás, quando a bela gatinha branca fizera a sua aparição no alto da rua. Não se sabia de onde vinha, se tinha donos, por que passava por ali. As meninas encantaram-se com ela. Tão macia! Tão vagarosa! Parava. Olhava. Quase se imaginava que sorria. Depois continuava o seu caminho. O que via, quem pode saber? Parecia uma princezinha das histórias contadas, toda vestida de arminho, a passear pelo seu reino de flores. Caminhava sobre as folhas secas com tal brandura que não deixava ruído. Entrava pela sombra como nuvem branca em nuvem cinzenta. Seus passos de seda ensurdeciam nas pedras, no cimento, nos tijolos dos muros. Ela mesma, quando parava, parecia procurar-se no seu silêncio, redondo como uma circunferência. Se às vezes elevava um tênue miado, era como um vago bocejo.

Por todos esses motivos, as meninas a amavam e queriam acariciá-la. As mães diziam que era gata de raça; toda branca, toda branca e de olhos vagamente azuis, como duas flores molhadas de orvalho. Mas ao chegarem perto dela, as meninas ficavam um pouco inibidas. Podiam ser arranhadas; pois até onde iria a sua brandura? Ela poderia, também, fugir... Assim, aproximavam-se de mansinho, fazendo psi-psi-psi, com medo de assustá-la. Mas a gatinha não se assustava: detinha-se, ao mesmo tempo curiosa e alheia, esperava delicadamente, e só mesmo quando alguma das meninas se abaixava, para tomá-la nos braços, encolhia-se, toda em pelúcia, e procurava escapar, mas sem nenhuma agressividade. Por duas ou três vezes conseguiram acariciar-lhe a cabeça e viram de perto como eram luminosos os seus olhos, róseo e cetinoso o seu breve focinho e, as suas orelhas, aveludadas. Ofereciam-lhe pedacinhos de pão de ló, biscoitos, que ela apanhava no ar, com muita suavidade. E depois desaparecia, mergulhando nas sebes floridas, atravessando cercas e grades, por sucessivos jardins e quintais.

Mas, enquanto as meninas assim a acompanhavam, com olhares maternais, e procuravam todos os dias descobrir de onde vinha, a quem pertencia, e se teria filhotes (pois só pelos seus modos se via que era uma gatinha), os garotos dispunham-se para uma ação de guerra, aparelhando-se com pedras e estilingues para a destroçarem. Quando as meninas souberam disso, protestaram, ameaçaram; as irmãs foram contra os irmãos, arrancaram-lhes as malvadas armas, acusaram-nos na escola e em casa, mas os rapazes apenas baixavam os olhos, talvez para não se descobrir neles o propósito formal do sonhado crime.

Como o crime aconteceu, as meninas não viram. Viram apenas a gatinha morta, com o focinho rebentado e manchas feias no alvo pelo, tão longo, tão sedoso, tão fofo. Gata de raça – tinham ouvido dizer dos mais velhos. Não quiseram ver mais nada. Fugiram para as suas casas, cheias de lágrimas, desesperadas, agarraram-se às mães, sacudindo-as, como na esperança de que elas pudessem ressuscitar a gatinha branca. As mães chegaram às janelas, nos portões – mas não viram nada, porque a gatinha estava do outro lado, depois da esquina. Comentaram, porém, tamanha maldade. Quem fizera aquilo? Por quê? POR QUÊ? As meninas desabafavam-se em explicações de defesa: uma gatinha tão bonita, tão mansa, que nunca arranhou ninguém, que não roubava nada, nem miava, nem fazia barulho... Aparecia, passava, não entrava em casa nenhuma... E de raça! De olhos azuis, toda branca! Teria sido por isso mesmo que a mataram? Por ser diferente? Não fizeram nada aos gatos que se atiravam aos cestos dos peixeiros e aos embrulhos dos açougueiros, sujos, arrepiados, vorazes, com miados ensurdecedores! Ah!

Por muito tempo as meninas ficaram de mal com os meninos e nem se atreviam a perguntar-lhes por que tinham matado a gatinha. POR QUÊ? Os meninos não fizeram caso dessa zanga. Passavam ufanos, de cabeça levantada, numa demonstração de força bastante insolente, como se bradassem: "Somos homens! Fazemos o que queremos! Já sabemos até matar!" As meninas entendiam.

Isso, porém, foi depois. Naquela tarde, os garotos, sentados à beira da calçada, contemplavam a sua obra, que era aquela incompreensível destruição. (Uma gatinha de raça. Toda branca, sem mancha alguma. Tão gentil! Com aqueles modos tão finos! Sem molestar jamais ninguém! Como nascera aquele ódio? Como se formara aquele crime?) Estavam sentados à beira da calçada, mergulhados num mutismo bruto, como se todos fossem um só, numa cumplicidade obscura. E a noção da sua perversidade devia pesar-lhes no coração como uma grande pedra negra.

(Um deles, como para distrair-se, mexia com uma varinha no pelo branco da gatinha morta. E de certo modo parecia que automaticamente a acariciava.)

# Floresta incendiada

Quem vai acreditar em incêndios espontâneos da floresta? Eu sofro as minhas dúvidas, porque, sem sair do lugar, levantando apenas os olhos para a janela, vejo essa "espontaneidade" manifestar-se ao mesmo tempo em vários pontos da mata que reveste – ou revestia – este grande bloco de pedra que é o morro de Dona Marta. Levanto os olhos porque ouço o crepitar do fogo: e as labaredas já correm por todos os lados, envolvem as árvores com suas fitas vermelhas e amarelas; depois, já não são fitas, mas grandes sudários brilhantes que incham ao vento, palpitam, dilatam-se, rompem-se, atiram-se a outros níveis, correm pelas ervas baixas, vão mais longe e mais longe, levantando nuvens negras que o vento dispersa. As cinzas vêm cair em pedaços na minha varanda. A passarada, sonora de medo, trêmula e sussurrante, procura outras árvores, que não estejam a arder.

E como este fogo anda em volta dos arranha-céus que já foram instalados onde antes a mata verdejava, alguém chama às pressas os bombeiros, e já se ouve a sirena diligente dos carros vermelhos que trazem os bravos soldados. Hoje eu estou pessimista, e acho que, só pelas árvores, ninguém os chamaria. Chamam-nos pelo medo de terem suas moradias queimadas. Oh! Deus, esta humanidade está ficando por demais interesseira e insensível!

Então, chegam os bravos soldados do fogo, e que podem fazer? Por onde é que vão subir, se o incêndio se alastra, pela encosta, vai cada vez mais longe e mais alto e mais vivo, até esbarrar com a parte escalvada do grande morro? Os bravos soldados olham de longe para esse espetáculo que se repete constantemente. Dentro das transparentes chamas rubras, os pobres arbustos e as belas árvores aparecem como criaturas humanas em sofrimento; já vão perdendo as folhas, já se vão reduzindo a delgados esqueletos negros. Há pouco eram formas vivas, pousada de pássaros, alegria do vento. E ali estão, sem possível fuga presas à terra, castigadas pelo incêndio que as devora.

Pergunto-me onde estão as lindas professorinhas que não conversam com seus alunos sobre florestas, chuvas, erosões, ainda que não fosse senão pelo interesse de garantirem água às torneiras de suas casas. Já não me atrevo a pensar em paisagens, belezas naturais, amor por essas criaturas vegetais, repletas de maravilhas e de misteriosos silêncios. Se as crianças amassem as árvores (não se limitassem a plantar alguma pela Primavera, em doce e melancólica rotina), se os homens tivessem respeito por esse mundo que os cerca sem que eles o procurem entender, não haveria a cada instante este clamor de sirenas, estas mangueiras desenroladas, esta fadiga dos bravos soldados a lutarem com suas machadinhas, nessas picadas que conduzem ao fogo, à devastação, à morte.

Em redor deste vale, tudo era virente e feliz. Agora, estou vendo a sucessão de estragos: grandes manchas amarelas que assinalam lugares de outros incêndios. Deixa-se passar algum tempo, e nesses lugares começam a aparecer construções, arranha-céus inacessíveis, habitações agarradas à rocha, onde deviam estar as belas árvores enormes, tragadas pelo fogo clandestino.

Hoje eu estou mesmo pessimista. Parece-me que os homens estão ficando piores todos os dias. Talvez não seja só por estes incêndios: eles, porém, são de algum modo simbólicos. Os homens estão voltando à brutalidade e à selvageria. Esta vocação de incendiários deixa-me perplexa. Pensando bem, pergunto-me se a criatura humana, hoje em dia, vale uma árvore. Estou muito pessimista.

**Se eu fosse pintor...**

Se eu fosse pintor começaria a delinear este primeiro plano de trepadeiras entrelaçadas, com pequenos jasmins e grandes campânulas roxas, por onde flutua uma borboleta cor de marfim, com um pouco de ouro nas pontas das asas.

Mas logo depois, entre o primeiro plano e a casa fechada, há pombos de cintilante alvura, e pássaros azuis tão rápidos e certeiros que seria impossível deixar de fixá-los, para dar alegria aos olhos dos que jamais os viram ou verão.

Mas o quintal da casa abandonada ostenta uma delicada mangueira, ainda com moles folhas cor de bronze sobre a cerrada fronde sombria, uma delicada mangueira repleta de pequenos frutos, de um verde tenro, que se destacam do verde-escuro como se estivessem ali apenas para tornar a árvore um ornamento vivo, entre os muros brancos, os pisos vermelhos, o jogo das escadas e dos telhados em redor.

E que faria eu, pintor, dos inúmeros pardais que pousam nesses muros e nesses telhados, e aí conversam, namoram-se, amam-se, e dizem adeus, cada um com seu destino, entre a floresta e os jardins, o vento e a névoa?

Mas por detrás estão as velhas casas, pequenas e tortas, pintadas de cores vivas, como desenhos infantis, com seus varais carregados de toalhas de mesa, saias floridas, panos vermelhos e amarelos, combinados harmoniosamente pela lavadeira que ali os colocou. Se eu fosse pintor, como poderia perder esse arranjo, tão simples e natural, e ao mesmo tempo de tão admirável efeito?

Mas, depois disso, aparecem várias fachadas, que se vão sobrepondo umas às outras, dispostas entre palmeiras e arbustos vários, pela encosta do morro. Aparecem mesmo dois ou três castelos, azuis e brancos, e um deles tem até, na ponta da torre, um galo de metal verde. Eu, pintor, como deixaria de pintar tão graciosos motivos?

Sinto, porém, que tudo isso por onde vão meus olhos, ao subirem do vale à montanha, possui uma riqueza invisível, que a distância abafa e desfaz: por detrás dessas paredes, desses muros, dentro dessas casas pobres e desses castelinhos de brinquedo, há criaturas que falam, discutem, entendem-se e não se entendem, amam, odeiam, desejam, acordam todos os dias com mil perguntas e não sei se chegam à noite com alguma resposta.

Se eu fosse pintor, gostaria de pintar esse último plano, esse último recesso da paisagem. Mas houve jamais algum pintor que pudesse fixar esse móvel oceano, inquieto, incerto, constantemente variável que é o pensamento humano?

# Jogos circenses

As crianças que nasceram ainda outro dia, que ainda estão aprendendo o mundo, confrontam os tigres e os elefantes com as imagens que lhes foram apresentadas nos livros de histórias. Desejariam que os elefantes fossem muito maiores, e os tigres e os leões muito mais terríveis. Creio que a elegância dos domadores lhes deixa um certo desgosto de facilidades: talvez preferissem um empolgante corpo a corpo que exaltasse melhor a vitória; estes meninos nasceram ontem mas trazem um instinto milenar de gloriosas façanhas e gostariam de assistir a uma experiência objetiva (por enquanto) da superioridade do homem sobre as feras.

Isso quanto aos rapazinhos, porque as meninas, ainda suaves, apesar da dureza dos tempos, estão embevecidas com o palhaço muito branco, muito azul, muito vermelho, que vai distribuindo rosas pela plateia; e a moça prateada que sobe e desce aladamente sem interromper a corrida do seu cavalo branco pertence com certeza ao reino das fadas, onde (suspiremos!) algum dia se poderá chegar.

Nós, porém, os que já vimos todos os circos e – principalmente – já conhecemos bastante deste mundo, ficamos ali atônitos com a revisão das histórias humanas, destas nossas histórias frequentes, cômicas e heroicas e encontramos o nosso próprio rosto em cada figurante que aparece, por outras que sejam nossas fisionomias, de cá e de lá.

Pois não devíamos estar sossegados ao rés da terra, com modestos rumos, e não vêm cordas que nos enlaçam, que nos suspendem, que nos deixam numa altura de onde a terra, que é o nosso destino, torna-se o nosso abismo? E não nos impõem estas ordens de ir e vir pelos ares, já sem pés para o chão e ainda sem asas que o céu – recebendo nos braços e atirando para longe funâmbulos que jamais conheceremos, que passam por nós, na oscilação de um mundo frágil de barras e cordas, de onde às vezes se cai, pequeno, obscuro meteoro?

Não somos esta claridade, esta alegria, esta festa cintilante sob um chicote oculto que alguém maneja para escravizar-nos ou, para libertar-nos, manejamos?

As crianças divertem-se com o palhaço perseguido pela falsa leoa de goma, que segue como uma boia flutuando no ar, agarrada aos seus calções. É como um pequeno pesadelo infantil essa corrida fluida, com uma imponderável fera onírica. Mas um dia somos todos, bem acordados, ou o palhaço ou a leoa, num pavor sem fundamento neste mundo nosso de símbolos.

Somos aquele que se apoia neste mundo apenas com um dedo, mas depois de inventarmos mil contrapesos, e de irmos renunciando todos eles, um por um.

Somos esse instante de aplausos, com as arquibancadas celebrando os altos feitos que sentimos em nós, potencialmente; somos esse virtuosismo que vemos e admitimos possuir. E somos a penumbra em que desaparecem os corpos fosforescentes e homens e animais se confundem; essa caverna obscura e piedosa de onde saímos para o espetáculo e a que regressamos.

Mas as crianças ainda não estão iniciadas no segredo dos jogos circenses. Mais tarde compreenderão.

E o homem do circo de lona pensa com amargura nas suas adversidades, no seu reino sem disciplina e sem lei, sem perfeição e sem glória; no seu elefante que envelheceu, no palhaço que se quebrou, na trapezista que fugiu. Ah! o circo exige uma precisão cósmica! Os pratos não podem desabar, o pé não pode sair do ponto exato, e se o punhal sofrer um leve desvio no seu rumo é quase certo que atinge o coração.

# Dias perfeitos

Dias perfeitos são esses em que a Meteorologia afirma, vai chover e chove mesmo: não os outros, quando se anda de capa e guarda-chuva para cá e para lá, até se perder um dos dois ou os dois juntos.

Dias perfeitos são esses em que todos os relógios amanhecem certos: o do pulso, o da cozinha, o da igreja, o da Glória, o da Carioca, excetuando-se apenas os das relojoarias, pois a graça, destes, é marcarem todos horas diferentes.

Dias perfeitos são esses em que os pneus não amanhecem vazios: as ruas acordam com dois ou três buracos consertados, pelo menos; o ônibus não vem em cima de nós, buzinando e na contramão; e os sinais de cruzamento não estão enguiçados e os guardas estão no seu posto, sem conversa para as morenas nem para os colegas.

Dias perfeitos são esses em que não cai botão nenhum da nossa roupa ou, se cair, uma pessoa amável aparecerá correndo, gastando o coração, para no-lo oferecer como quem oferece uma rosa, deplorando não dispor de linha e agulha para voltar a po-lo no lugar.

Dias perfeitos são esses em que ninguém pisa nos nossos sapatos, nem esbarra com uma cesta nas nossas meias, ou, se isso acontecer, pede milhões de desculpas, hábito que se vai perdendo com uma velocidade supervostokiana.

Dias perfeitos são esses em que os guichês do Correio dispõem de gentis senhoritas e respeitáveis senhores que não estão fazendo crochê nem jogando xadrez sozinhos e não se aborrecem com o mísero pretendente à expedição de uma carta aérea, e até sabem quanto pesa a missiva e qual o seu destino, no mapa, e têm troco certo na gaveta, e não atiram os selos pelo ar como quem solta pombos da cartola. (Ah, esses são dias perfeitíssimos!...)

Dias perfeitos são esses em que o motorista do carro de trás não buzina como um doido, os da direita e da esquerda não dançam quadrilha na nossa frente, e os velhotes não leem jornal no meio da rua, e as mocinhas que carregam à cabeça seus tabuleiros de penteados não resolvem atravessar, com suas perninhas trepadas em metro e meio de saltos, justamente por lugares por onde nem a bola de futebol doméstico se arrisca.

Dias perfeitos são esses em que se vai ao teatro, como mandam os amigos, e os atores sabem o que estão fazendo, e a vizinha de trás não conversa do prólogo ao epílogo sobre assuntos particulares, e a menina da frente não chupa, não mastiga e não assovia caramelos, e o cavalheiro da esquerda não pega no sono, resvalando insensivelmente para cima de nós o seu mavioso ronco.

Dias perfeitos, esses em que voltamos para casa e a encontramos intacta, no mesmo lugar, e intactos estão os nossos tristes ossos, e podemos dormir em paz, tranquilos e felizes como se voltássemos apenas de um passeio pelos anéis de Saturno.

# Vestido preto

O vestido preto parecia-me preto demais: por isso, observei à vendedora que me sentia como em traje de luto. Ela deteve-se um pouco, visivelmente admirada, olhou-me diretamente, olhou-me através do espelho e pensei que me ia surgerir qualquer coisa para atenuar aquela pretidão. Mas parece-me que procurava, apenas, palavras para abordar o assunto sem grande escândalo. Tirou dos dentes um alfinete, levantou as sobrancelhas e com certa hesitação perguntou: "Luto?" Fez uma pausa, como se não conhecesse a palavra, como se eu lhe estivesse falando numa língua estrangeira. Depois, animando-se, arriscando-se, acrescentou: "Mas... a senhora ainda não reparou? – não há mais luto! Quem põe luto? O luto acabou-se".

Senti-me vagamente constrangida. Mais do que constrangida: completamente anacrônica, fora de época, inatual. Evidentemente, dessas coisas de roupas, as modistas devem entender melhor do que eu. Não são elas que atendem às exigências do vestir segundo as várias ocasiões? Não são elas que conhecem os vestidos adequados a cada hora do dia, a cada cerimônia, a cada pessoa? Pois se esta me afirmava, tão delicadamente, que não existia mais luto, eu, respeitando-lhe os conhecimentos profissionais, não lhe podia opor mais nenhum argumento. Senti-me mesmo envergonhada. Em que tempo estava eu vivendo? Que relógio parado me estava governando? Afinal, precisamos andar em dia até com os vestidos. Como eu estava atrasada!

E a modista, aproveitando o meu silêncio, valorizava a pretidão do vestido, negro, negro, dizia ela. Pois, às vezes, o preto é um pouco azulado ou acastanhado ou esverdeado... mas aquele, não! Era de um negro absoluto, fosse à luz do sol, fosse à luz artificial. (E eu, mirando-me ao espelho, sentia-me completamente tenebrosa, e assustava-me comigo mesma, como se, assim vestida, me tornasse o próprio Gênio das Trevas, invisível na noite, meu Reino impenetrável.)

Lembrei-me, pouco a pouco, de tempos muito antigos, quando as pessoas carregavam lutos imensos, torres de crepe e escumilha, sedas foscas, brincos de azeviche, grampos negros nos chapéus. Nenhum metal, nenhuma luz de joia: a mais completa escuridão, todos os sinais de uma tristeza inconsolável.

Depois, os grandes véus desapareceram. Agora estou vendo que nem se fabricam mais crepes, fumos e escumilhas: se formos a uma loja pedir essas coisas, ninguém saberá de que estamos falando...

Afinal, pensando bem, a modista tem razão; quem é que anda de luto nas ruas? Talvez nas missas de sétimo dia, discretamente, se veja ainda algum vestido preto. Mas nas missas de mês já terão desaparecido. Os mortos vão-se embora muito depressa... Os mortos estão mortos e os vivos precisam continuar a viver. Quem vai deter a roda da sua vida apenas porque uma pessoa da família morreu? Todos somos mortais: hoje tu, amanhã eu, e a mesma sorte nos aguarda e é como se lê à porta de alguns cemitérios: "Fui como és, serás como sou".

Ah! mas o amor, a saudade, a dor da ausência, o mistério da morte, a interrupção dos diálogos terrenos, as comunicações deste mundo, de alma a alma...? Não mais queremos bradar aos ventos que estamos tristes, doloridos, que nos sentimos sozinhos, que desejamos desaparecer, encobrir-nos, apagar a nossa figura e por isso nos fechamos em castelos de luto...! Não: isso pertence à história antiga, aos nossos bisavós, esses grandes românticos. Pensamos, agora, de maneira diferente: superamos esses velhos sentimentos, não há ninguém insubstituível, somos pessoas de alma forte, de coração duro, diante de qualquer contratempo. Não pensamos na morte, como, de certo modo, não pensamos na vida. Não acreditamos no sobrenatural, não nos surpreendemos com os acontecimentos, tudo pode suceder: nada nos atinge! Nossos parentes... Ah! mera casualidade. Esses vestidos de luto que cheiravam a mofo... Essas etiquetas: luto pesado, luto aliviado, preto, roxo, cinzento... Coisas da monarquia. Até os súditos punham luto pelos reis!...

A modista, muito versada na sua profissão, disse ainda, recolhendo os seus alfinetes e esperando que se diluíssem minhas imaginações funéreas: "Aliás, a senhora sabe que, em certos países, o luto é branco..." (Muito lida, a modista, muito erudita, e sobretudo muito boa vendedora...) Saí daqueles tempos passados aonde fora levada. Deixei aqueles ambientes lacrimosos de indizível sofrimento. Tudo aquilo, pois, fora perdido, tudo estava desprestigiado, inutilizado... "Oh! sei, sei..." respondi maquinalmente. E a modista continuou a conversar sobre vestidos.

# Da solidão

Há muitas pessoas que sofrem do mal da solidão. Basta que em redor delas se arme o silêncio, que não se manifeste aos seus olhos nenhuma presença humana, para que delas se apodere imensa angústia: como se o peso do céu desabasse sobre a sua cabeça, como se dos horizontes se levantasse o anúncio do fim do mundo.

No entanto, haverá na terra verdadeira solidão? Não estamos todos cercados por inúmeros objetos, por infinitas formas da Natureza e o nosso mundo particular não está cheio de lembranças, de sonhos, de raciocínios, de ideias, que impedem uma total solidão?

Tudo é vivo e tudo fala, em redor de nós, embora com vida e voz que não são humanas, mas que podemos aprender a escutar, porque muitas vezes essa linguagem secreta ajuda a esclarecer o nosso próprio mistério. Como aquele sultão Mamude, que entendia a fala dos pássaros, podemos aplicar toda a nossa sensibilidade a esse aparente vazio de solidão: e pouco a pouco nos sentiremos enriquecidos.

Pintores e fotógrafos andam em volta dos objetos à procura de *ângulos*, jogos de luz, eloquência de formas, para revelarem aquilo que lhes parece não só o mais estático dos seus aspectos, mas também o mais *comunicável*, o mais rico de sugestões, o mais capaz de transmitir aquilo que excede os limites físicos desses objetos, constituindo, de certo modo, seu espírito e sua alma.

Façamo-nos também desse modo videntes: olhemos devagar para a cor das paredes, o desenho das cadeiras, a transparência das vidraças, os dóceis panos tecidos sem maiores pretensões. Não procuremos neles a beleza que arrebata logo o olhar, o equilíbrio de linhas, a graça das proporções: muitas vezes seu aspecto – como o das criaturas humanas – é inábil e desajeitado. Mas não é isso que procuramos, apenas: é o seu sentido íntimo que tentamos discernir. Amemos nessas humildes coisas a carga de experiências que representam, e a repercussão, nelas sensível, de tanto trabalho humano, por infindáveis séculos.

Amemos o que sentimos de nós mesmos, nessas variadas coisas, já que, por egoístas que somos, não sabemos amar senão aquilo em que nos encontramos. Amemos o antigo encantamento dos nossos olhos infantis, quando começavam a descobrir o mundo: as nervuras das madeiras, com seus caminhos de bosques e ondas e horizontes; o desenho dos azulejos; o esmalte das louças; os tranquilos, metódicos telhados... Amemos o rumor da água que corre, os sons das máquinas, a inquieta voz dos animais, que desejaríamos traduzir.

Tudo palpita em redor de nós, e é como um dever de amor aplicarmos o ouvido, a vista, o coração a essa infinidade de formas naturais ou artificiais que encerram seu segredo, suas memórias, suas silenciosas experiências. A rosa que se despede de si mesma, o espelho onde pousa o nosso rosto, a fronha por onde se desenham os sonhos de quem dorme, tudo, tudo é um mundo com passado, presente, futuro, pelo qual transitamos atentos ou distraídos. Mundo delicado, que não se impõe com violência: que aceita a nossa frivolidade ou o nosso respeito; que espera que o descubramos, sem se anunciar nem pretender prevalecer; que pode ficar para sempre ignorado, sem que por isso deixe de existir; que não faz da sua presença um anúncio exigente: "Estou aqui! estou aqui!". Mas, concentrado em sua essência, só se revela quando os nossos sentidos estão aptos para o descobrirem. E que em silêncio nos oferece sua múltipla companhia, generosa e invisível.

Oh! se vos queixais de solidão humana, prestai atenção, em redor de vós, a essa prestigiosa presença, a essa copiosa linguagem que de tudo transborda, e que conversará convosco interminavelmente.

# Três amigas

As três amigas chegam pelo correio, de lugares diferentes, cada qual procurando comunicar-me suas diferentes emoções.

A primeira manda-me apenas um postal: foi para o círculo ártico ver o sol da meia-noite. Sonhava solidões, silêncios... – quem teve jamais o que sonhou? Mas o postal é uma paisagem árdua: pedra abrupta e água lisa, um céu ruivo, como de labareda. No primeiro plano, um perfil sereno contempla esses três níveis: água, pedra e céu. Não é o perfil da minha amiga; mas podia ser. Ela partiu, cansada das algazarras do mundo, da confusão da vida, para receber – mais do que nos olhos – na alma a pureza ainda que rude de um tempo menos caótico. E creio que, para o seu coração, o espetáculo do sol da meia-noite a atraía como um sinal sagrado, com o poder simbólico da luz na escuridão.

A segunda amiga revela-me a sua perplexidade, pois acaba de descobrir que vai completar cinquenta anos. Ela nem acredita nisso, e não sabe explicar como tal coisa lhe aconteceu. Sente-se como uma pessoa de trinta: não há livro, não há exposição de arte, não há concerto que a deixe indiferente. Executa, com a agilidade de sempre, infinitos tricôs para as crianças pobres; participa de todas as obras de assistência social; pratica esportes; tem uma saúde excelente e uma alegria que vence todos os contratempos. Com meio século de uso, ela encontra as outras pessoas amarguradas, queixosas, tristes e sua vida parece um escândalo aos seus próprios olhos. Então, para não envergonhar os seus colegas de meio centenário, a minha admirável amiga pergunta se não deve fazer um esforço para envelhecer, se não deve fechar seu coração à beleza do mundo e redigir quanto antes o seu – bastante reduzido – testamento. Que se pode responder a essa adorável criatura a quem, sem nenhum espírito de fraude, jamais ocorrera ter chegado sequer aos quarenta anos?

A terceira amiga está numa fotografia, cercada de crianças: todos os anos tem um filhinho novo, e a sua vida é um transbordamento de amor. Nós nos fizemos amigas pela coincidência de sentimentos na valorização do humilde, no gosto pelo autêntico, na ternura pelas coisas que conservam a sombra de uma presença humana: velhos objetos sem dono, lembranças do passado, restos indefesos do esforço – quase sempre malogrado – de viver. Assim, descobrimos que amávamos o que ninguém mais ama, que tínhamos a alma carregada de retalhos de antigos vestidos, pedaços de louças quebradas, relógios perdidos, retratos irreconhecíveis, livros que se nos desfaziam nas mãos, palavras algum dia ouvidas e como escritos num muro eterno diante de nós. Descobrimos também a nossa insignificância, comparada aos arquivos, aos museus, aos cemitérios que transportávamos conosco. Desejamos que nada se perdesse do que um dia foi feito com a amorosa intenção de durar. Diante de um mundo ingrato e amargo, ávido de imediatismo, ousávamos dirigir também os nossos olhos para o que ia ficando para trás. Para o que se abandonava e esquecia. E ficamos amigas para sempre.

E eis que a minha terceira amiga me escreve da sua propriedade rural, onde, alheia ao conforto do século, vive mais das árvores que dos móveis, mais do solo e da chuva que dos próprios aposentos, misturada às crianças, inclinada para cada pequenina vida que vai cumprindo obscuramente o seu destino pelo chão e pelo ar. E manda-me uma folhinha de malva, que sai da carta ainda tão verde e perfumosa como se não tivesse sido cortada, e uma flor de alfazema, do cesto que lhe acabam de trazer: uma pequena flor em que recebe o vento e o céu desse recanto simples da terra, amado pelo seu coração, e pelo qual ouço passar a sua voz, tão natural e sincera, clara e cristalina como a das suas luminosas crianças.

# Compras de Natal

A cidade deseja ser diferente, escapar às suas fatalidades. Enche-se de brilhos e cores; sinos que não tocam, balões que não sobem, anjos e santos que não se movem, estrelas que jamais estiveram no céu.

As lojas querem ser diferentes, fugir à realidade do ano inteiro; enfeitam-se com fitas e flores, neve de algodão de vidro, fios de ouro e prata, cetins, luzes, todas as coisas que possam representar beleza e excelência.

Tudo isso para celebrar um Meninozinho envolto em pobres panos, deitado numas palhas, há cerca de dois mil anos, num abrigo de animais, em Belém.

Todos vamos comprar presentes para os amigos e parentes, grandes e pequenos, e gastaremos, nessa dedicação sublime, até o último centavo, o que hoje em dia quer dizer a última nota de cem cruzeiros, pois, na loucura do regozijo unânime, nem um prendedor de roupa na corda pode custar menos do que isso.

Grandes e pequenos, parentes amigos são todos de gosto bizarro e extremamente suscetíveis. Também eles conhecem todas as lojas e seus preços – e, nestes dias, a arte de comprar se reveste de exigências particularmente difíceis. Não poderemos adquirir a primeira coisa que se ofereça à nossa vista: seria uma vulgaridade. Teremos de descobrir o imprevisto, o incognoscível, o transcendente. Não devemos também oferecer nada de essencialmente necessário ou útil, pois a graça destes presentes parece consistir na sua desnecessidade e inutilidade. Ninguém oferecerá, por exemplo, um quilo (ou mesmo um saco) de arroz ou feijão, para a insidiosa fome que se alastra por estes nossos campos de batalha; ninguém ousará comprar uma boa caixa de sabonetes desodorantes para o suor da testa com que – especialmente neste verão – teremos de conquistar o pão de cada dia. Não: presente é presente, isto é, um objeto extremamente raro e caro, que não sirva a bem dizer para coisa alguma.

Por isso é que os lojistas, num louvável esforço de imaginação, organizam suas sugestões para os compradores, valendo-se de recursos que são a própria imagem da ilusão. Numa grande caixa de plástico transparente (que não serve para nada), repleta de fitas de papel celofane (que para nada servem), coloca-se um sabonete em forma de flor (que nem se possa guardar como flor nem usar como sabonete) e cobra-se pelo adorável conjunto o preço de uma cesta de rosas. Todos ficamos extremamente felizes!

São as cestinhas forradas de seda, as caixas transparentes, os estojos, os papéis de embrulho com desenhos inesperados, os barbantes, atilhos, fitas, o que na verdade oferecemos aos parentes e amigos. Pagamos por essa graça delicada da ilusão. E logo tudo se esvai, por entre sorrisos e alegrias. Durável – apenas o Meninozinho nas suas palhas, a olhar para este mundo.

# O homem e o seu espelho

Vou contar uma história que parece da Carochinha. Era uma vez, por esses Brasis, um pobre homem que vivia numa pobre choupana. No meio de tanta pobreza, o homem possuía um tesouro: possuía um grande espelho, muito claro e luminoso. Como o teria arranjado, não me disseram: pertencera, talvez, a algum antepassado rico, ou resultara de alguma barganha, ou caíra da Lua (tal a sua claridade), embora, na verdade, se tratasse de um espelho de Veneza.

Vivia, pois, o pobre homem com o seu formoso espelho pendente de um prego na parede de barro da habitação, que se enchia de luz com o reflexo dos dias e das noites na sua superfície.

Mas um dia o pobre homem adoeceu gravemente. Como as ervas e benzeduras já não produzissem nenhum efeito, foi preciso (muito a contragosto) chamar um médico. E o médico chamado era um coração de santo, com certeza, mas também uma alma de artista. E, além disso, um colecionador de antiguidades.

Veio, pois, o médico e a primeira coisa que viu – Deus lhe perdoe! – não foi o doente, mas o seu espelho, cintilante e límpido. E começou a tratar do homem. Honra lhe seja feita que o tratava com a maior dedicação. Mas pensava no espelho. Não falava nisso, porém, porque o homem estava muito mal, e o tempo não era para conversa.

O tratamento foi longo e difícil. Mas o médico empenhava-se em salvar o pobre homem, de cuja família ninguém tinha notícias. O homem não tinha mesmo outra família além do seu espelho.

Passam-se os dias, o homem melhora, levanta-se, põe-se a andar e a conversar. Conversa vai, conversa vem, o médico pergunta-lhe se não quer vender aquele espelho. Para que conservá-lo naquele prego, exposto a cair de repente, a transformar-se em pó impalpável? Com o dinheiro daquele espelho poderia viver muito tempo, sem precisar trabalhar, ele, que andava tão fraco...

O homem considerou aquelas palavras do médico, na sua solidão, no fundo desses Brasis, ainda inocentes e meigos, e delicadamente se recusou a fazer qualquer negócio. Os pobres sentimentais são assim: têm vergonha de falar em dinheiro. O dinheiro assusta-os como uma coisa indigna, imoral.

O médico era uma pessoa direita: oferecia ao seu cliente um preço adequado. (Nem ele imaginaria que o seu espelho valesse tanto!) Procurou convencê-lo da honestidade de seus propósitos: amava aquele espelho desde que o vira pela primeira vez. Na verdade, a conversa parecia um pedido de casamento. O preço era outra história: mas não se discutia o preço...

Então, o homem, já acostumado ao convívio do médico, com uma sinceridade de pessoa honesta (acostumada a viver diante de um espelho) confessou-lhe a causa de tanta relutância: "É que quando eu olho para este espelho, doutor, vejo a minha cara repetida cinquenta vezes!"

Era mesmo assim: entre a larga superfície de cristal e a moldura, o espelho possuía como um cordão de pequenos hemisférios convexos, que multiplicavam a imagem refletida. O homem dera-se ao trabalho de contar: a imagem repetia-se, na verdade, cinquenta vezes.

Como resolveram o assunto, não sei. Por onde anda o homem, esqueci-me de perguntar. Mas há pouco mostraram-me o belíssimo espelho, que resplandece numa sala azul, entre anjos, velas e rosas. Todos que tinham ouvido a história queriam ver seu rosto ali refletido: não no claro campo de cristal, mas nas rodelinhas convexas, onde tudo se repete cinquenta vezes.

Ora, eu também fiz como todo o mundo e fui ver como ficava o meu rosto, nessa multiplicação. E aconteceu-me o imprevisto: quando me fixei naquela sucessão de espelhinhos convexos, que de longe pareciam bolinhas em relevo, encontrei não o meu, mas o rosto do antigo dono (que eu nem sei como era!) com esse ar um pouco de saudade e um pouco de sabedoria e renúncia que antigamente se encontrava na boa gente humilde destes Brasis.

Mas o que não consegui saber é por que o antigo dono do espelho gostava tanto de se ver refletido cinquenta vezes. Pesava-lhe a solidão de tal maneira que se consolasse com o seu próprio reflexo, naquele abandono em que vivia? Conversaria com a sua imagem? Contaria a si mesmo, como a um amigo íntimo, suas melancolias e esperanças? Que dizia aquele homem ao seu retrato multiplicado? O que não ousaria jamais dizer ao melhor amigo? (Os espelhos têm essa propriedade maravilhosa de nada reterem, de nada escravizarem. Refletem todas as confidências, e logo as apagam. Sabem guardar segredos.)

# O anjinho deitado

Esvoaçavam mil anjos pela cidade: anjos góticos, barrocos, modernos, existencialistas e atômicos. (E este anjinho que não esvoaça: este anjinho deitado!)

As igrejas estão cheias de anjos: alastram-se anjos por todas as paredes, nós todos estamos pensando em belos anjos muito antigos, a voarem entre Nazaré e Belém, a acordarem pastores e a cantarem para Deus e para os homens que há um Menino maravilhoso nas palhinhas de uma gruta. (Mas este anjinho deitado já não se sabe o que pode ver por dentro das pálpebras.)

O anjinho vai deitado numa caixa de seda cor-de-rosa, como um presente de Natal. Uma carreta escura e triste o vai levando, solitário. Na verdade, não se sabe quem o acompanha: às vezes, sou eu; depois, é um táxi que sai do alinhamento; torno a ser eu; é um longo carro diplomático; é um desses carrinhos doidos que brincam de correr pela cidade; mas torno a ser eu: sou eu o seu acompanhante mais fiel, quem sabe por que circunstâncias do destino!

O anjinho deve ser uma menina de uns três ou quatro anos, dessa idade verdadeiramente linda em que as crianças descobrem o mundo, utilizam o "por quê?" a cada instante e todos os dias aprendem uma palavra nova. Quem não chora ao perder uma criança dessa idade? E, se os homens não fossem tão distraídos e não andassem também tão amargurados com suas experiências de adultos, quem haveria, nas ruas, que não sentisse uma dor na alma, à passagem deste pequeno caixão acetinado?

Quando a carreta desaparece, olho para os lados, vejo as multidões que desembocam das ruas, apressadas, fatigadas, carregadas de presentes: todos pensando em árvores de Natal, no que se pode e não se pode comprar, no que desejaria fazer, nas alegrias preparadas, nas alegrias previstas... Joias, perfumes, vestidos, brinquedos... – renovam-se as vitrinas incansáveis; vendedores já sonolentos desenrolam papéis festivos, dobram mecanicamente as pontas perfeitas dos embrulhos, dão mil voltas aos atilhos coloridos e dourados, fazem laços de fita que parecem dálias...

Mas a carreta reaparece, está de novo na minha frente, e eu me pergunto se esta meninazinha não estará vendo a rua, lá de dentro; se a caixa acetinada não se terá feito transparente aos seus olhos de anjo; se ela não sorrirá com sabedoria precoce para toda esta pressa das ruas; e não se sentirá já sossegada e livre de tudo isto, sem mais gosto por bonecas, bolas, palhaços, coisas que os homens inventaram para tornarem mais aceitável a vida...

Talvez a menina não esteja mesmo lá dentro, mas pousada no alto da carreta, como um ornamento, como um anjo entre os mil anjos deste Natal, dizendo adeus para todos nós, que continuamos aqui, enquanto ela sobe para a festa com os outros anjos em pleno céu.

# Presépio de barro

Oxalá seja noite encantada, que tudo recobre movimento e fala, e cada um fale de si, que assim conheceremos todas as queixas.

Já sei que as mulheres que vieram de longe, com estes corpetes comprimindo tão exuberante vida, vão falar dos filhos: que querem mais leite e mais mel e mais prado para correrias. E os homens, com seus cajados e suas peles, e seus chapéus e seus gorros, de joelho dobrado em terra, vão exclamar: "Senhor, Senhor, que a espiga reproduza mil vezes a conta de areia, e a rês multiplique mil vezes a espiga!"

E São José, que é o mais velho, moverá suas barbas para o lado de cá e, com seus brandos olhos sobre estes robustos casais, murmurará, levantando as frondosas sobrancelhas: "Vasto é o pedir dos homens! E como devem padecer, com tão formidável apetite!" E aquele justo que está mais perto, e tão extasiado como um futuro mártir, explicará: "Senhor, é que eles não viram de Deus senão a força fecunda: o mundo para eles é um crescer de campos, de gados, de filhos. Estão no quinto dia da Criação." E São José balançará a cabeça, e perguntará: "Quais são os que chegaram ao sexto dia?" E o justo apontará os príncipes amontoados em almofadas, com suas coroas e pérolas, seus mantos matizados, seus cetros e suas armas. E os príncipes começarão a falar, e dirão: "Senhor, permite que o nosso braço se estenda mais longe, sobre a terra, porque nós somos os que governamos." "Esses são os que governam?" perguntará São José. E o justo, aflito e sufocado, balbuciará: "Esses são os que oprimem" e em seus pequenos olhos vidrados aparecerão duas gotinhas d'água, como dois pedacinhos de sal. E São José afastará com a mão direita aquela mosquinha que pousou nas palhas do Menino, e suspirará: "Jesus, Jesus, que trabalhos grandes te esperam!" E lentamente afagará sua barba canosa, fio a fio, calculando as léguas do desvario humano.

Depois, será a vez dos servos, dos escravos, de todos que trazem as coisas lanhadas e as mãos grossas e os cabelos cheios de pó. E esses se estenderão por terra, ao comprido, coração batendo entre as pedras. E chorarão com os olhos escondidos, porque ali perto estão os príncipes e senhoras, os morgados um pouco obesos e os aldeães de poderosas palavras.

Então, a Virgem Maria, muito fatigada, perguntará baixinho a São José: "Que dizem aqueles pobres que estão caídos por cima de pedras tão duras?" E São José perguntará ao justo: "Que dizem eles?" E o justo apurará o ouvido para o céu de cetim azul com um sol pintado, e responderá: "Estão pedindo que o chicote não penetre tanto em sua carne, e o sono se afaste de seus olhos, para trabalharem sem descanso noite e dia." E a Virgem como em sonho perguntará: "Filho meu, estás ouvindo?" E o Menino olhará para os escravos e os servos, e lá longe, sobre as pedras, eles se levantarão da sua reverência como se tivessem dormido cem anos em canteiros de seda, com toldos de jasmim.

O boi bento soprará comovido, e explicará: "Senhor, por que Deus nos fez tão grandes? Toda a nossa família só vive para ser ferida. Se temos braveza, provocam-nos de farpa em farpa, até nos decidirmos a investir; e quando investimos, enterram-nos o cutelo na cabeça. Se não temos braveza, levam-nos de mansidão em mansidão, passo sobre passo, e tornam a atravessar-nos com o cutelo. Ah, Senhor, quando chegares a reinar, não te esqueças da nossa condição!"

O Menino estenderá a mãozinha para o lado, e, ao colocá-
-la nos chifres do boi, nasce uma rosa branca.

Diante disso, o jumentinho pestanudo move o beiço tímido e sussurra com a sua maneira gentil: "Senhor, quando chegar o teu reino, lembra-te também dos meus irmãos: não fazemos senão subir e descer ladeiras, com sacos, alforjes, canastras, seirões. Do lombo para cima somos maiores que do lombo para baixo. Senhor, toda a nossa pobre família só conhece escravidão. Deus fez a noite e o dia, mas nós não sabemos quando um começa e a outra acaba: porque noite e dia para nós é só trotar, é só ouvir palavras fortes, e escutar na pele a pancada do açoute."

O Menino estende a outra mãozinha para o lado, e pousa-a nas franjas da testa do jumentinho, e nasce uma estrelinha tal qual a do Rei Davi.

São José continua a medir os fios da sua barba; em dado momento volta-se para o justo: "Quando começará a reinar o Menino, neste mundo tão triste?" E o justo enxuga os olhos na ponta do manto, que é azul, com o vidrado escorrido daqui e dali – e murmura: "Ainda tenho que morrer eu, e milhares de companheiros que já estão nascidos, e outros milhares que estão para nascer, e outros tantos que nem foram ainda pensados, porque nem seus bisavós nasceram sequer..."

E a Virgem Maria diz para São José: "Mais que as areias do deserto são as queixas dos homens e dos bichos. É preciso que o Menino cresça para salvá-los. Embora eu tenha tanto medo de o ver crescido." E pelo seu rostinho vão correndo lágrimas grossas, rápidas, que se atropelam umas às outras – como essas das velas onde começa a bater o vento.

Mas de longe chega o músico. Oh, como é linda a sua roupa, feita de trapos de todas as cores! E traz gaita e tamborim, pandeiro e passarinho de assovio. Como é noite santa, todos os instrumentos tocam sozinhos – e o sol e a lua que estão de um lado e do outro do céu começam a dançar de contentamento.

E o passarinho de barro adquire voz e fala: "Senhor, Senhor, eu sou só este pedacinho de barro, do tamanho de vossa mão, mas as minhas asas podem levar-me até as nuvens, as florestas e o mar; e a minha voz ainda vai mais longe. Deixai-me para sempre voar e cantar. Eu irei dizer o vosso nome no campo, e os amos e os escravos se alegrarão e vos amarão na cantiga que lhes cantar. Eu irei por cima dos barcos, e falarei com os marinheiros de cara de nácar e olhos de flor: e os barcos dançarão com os peixes e as sereias, e os ramos de coral virão dar flor no jardim de espuma. Porque eu, Senhor, não sofro nem choro, eu só sei cantar; e, se cantar teu nome, ninguém mais chorará nem sofrerá."

Todos ficam escutando o passarinho de barro, com seus olhos redondos, trinando tão bem sua alegria. E São José perguntará: "Ó justo, este também veio do quinto dia da Criação?"

Mas o músico avança, e faz a sua reverência, e exclama: "Não, Senhor, Senhor, este não foi nascido: pois não ouvis que pede para viver? Este foi amassado por mim, com muito esforço e muita mágoa. O sopro com que canta foi-lhe dado por minha boca de sofrimento. Mas saiu-lhe doce a voz. E se quiserdes que cante para sempre, eu me consolarei do que sofri para inventá-lo."

E o músico fica tão encantado com o assovio falante que até desaba do alto do presépio e fica todo em cacos lá embaixo.

E os moinhos girando, e os camelos conversando uns com os outros, e os reis abanando-se, porque faz muito calor aqui em Belém, com estes mantos recamados; e o passarinho cantando tanto que até o Menino se esquece do que veio fazer neste mundo, e estende a mão para o assovio de barro. É nesse momento que as asas do passarinho começam a viver e a mover-se e a abrir-se e a brilhar. São de finas penas alternadas: uma de prata, uma de ouro. Entre uma e outra, uma perolazinha redonda, como um orvalho de lágrima.

Publicado em "Letras e Artes", 1947.

# Referências bibliográficas das crônicas reunidas nesta obra

*Escolha o seu sonho*. São Paulo: Global, 2016.

Escolha o seu sonho
Compensação
O fim do mundo
Brinquedos incendiados
Da solidão

*Inéditos*: crônicas. Rio de Janeiro: Bloch, 1967.

O cachorrinho engraçadinho
Reabilitação do cachorrinho engraçadinho
João, Francisco, Antônio
Natal
Um cão, apenas
Uma gatinha branca
Floresta incendiada
Se eu fosse pintor...
Jogos circenses
Vestido preto
Três amigas
O homem e o seu espelho

*Quadrante 2*. Rio de Janeiro: Ed. do Autor, 1963.

O anjinho deitado

*Seleta em prosa e verso de Cecília Meireles*. 3. ed. Rio de Janeiro: José Olympio, 1978.

Presépio de barro

*Vozes da cidade*. 2. ed. Rio de Janeiro: Record, 1968.

Dias perfeitos

Compras de Natal

Acervo pessoal de Cecília Meireles

**Cecília Meireles** nasceu em 7 de novembro de 1901, no Rio de Janeiro, onde faleceu, em 9 de novembro de 1964. Publicou seu primeiro livro, *Espectros*, em 1919, e em 1938 seu livro *Viagem* conquistou o prêmio de poesia da Academia Brasileira de Letras. Considerada uma das maiores vozes da poesia em língua portuguesa, foi também jornalista, cronista, ensaísta, professora, autora de literatura infantojuvenil e pioneira na difusão do gênero no Brasil. Em 1965, recebeu, postumamente, o prêmio Machado de Assis da Academia Brasileira de Letras, pelo conjunto de sua obra.

## Outras obras de Cecília Meireles publicadas pela Global Editora

### Infantis

A festa das letras

Canção da tarde no campo

Criança meu amor...

# Infantis

Giroflê, giroflá

O menino azul

Ou isto ou aquilo

Os pescadores e as suas filhas

## Juvenis

Antologia poética Cecília Meireles

As palavras voam

Cecília Meireles –
crônicas para jovens

Olhinhos de gato